Copyright © 2009 do texto: Rui de Oliveira
Copyright © 2009 dos textos extras: Lilia Schwarcz
Copyright © 2009 das ilustrações: Rui de Oliveira
Copyright © 2009 da edição: Editora DCL

DIRETOR EDITORIAL:	Raul Maia Junior
EDITORA EXECUTIVA:	Otacília de Freitas
EDITORAS RESPONSÁVEIS:	Daniela Padilha Pétula Lemos
ASSISTENTE EDITORIAL:	Áine Menassi
PREPARAÇÃO DE TEXTO:	Renato Potenza
REVISÃO DE PROVAS:	Ana Maria Barbosa Cintia Shukusawa Patrícia Vilar
CAPA:	Retrato do Imperador D. Pedro II. Pintura de Felix Emile Taunay – 1837.
ILUSTRAÇÃO DE CAPA:	Rui de Oliveira
ILUSTRAÇÃO DE QUARTA CAPA	Rui de Oliveira
PROJETO GRÁFICO E DIAGRAMAÇÃO:	Pólen Editorial
FINALIZAÇÃO DE ARQUIVO:	Thiago Nieri

Agradecimentos ao *Museu Imperial de Petrópolis* que gentilmente
me disponibilizou parte do material de pesquisa iconográfica que utilizei nas ilustrações.

Rui de Oliveira

**Texto em conformidade com as novas regras
ortográficas do Acordo da Língua Portuguesa.**

**Dados Internacionais de Catalogação na Publicação (CIP)
(Câmara Brasileira do Livro, SP, Brasil)**

Oliveira, Rui de
   O príncipe triste / Rui de Oliveira e Lilia Schwarcz ; ilustrações
Rui de Oliveira. – São Paulo : Editora DCL, 2009.

   ISBN 978-85-368-0359-3

   1. Ficção - Literatura infantojuvenil I. Schwarcz, Lilia. II. Título.

08-10956   CDD-028.5

Índices para catálogo sistemático:
1. Ficção : Literatura infantil   028.5
2. Ficção : Literatura infantojuvenil   028.52.

1ª edição

Editora DCL
Rua Manuel Pinto de Carvalho, 80 – Bairro do Limão
CEP 02712-120 – São Paulo/SP
Tel.: (0xx11) 3932-5222
www.editoradcl.com.br

O Príncipe Triste

D. Pedro II, a história de um solitário menino feito Imperador aos 14 anos de idade.

TEXTO E ILUSTRAÇÕES
RUI DE OLIVEIRA

TEXTOS HISTÓRICOS
LILIA MORITZ SCHWARCZ

Acho que todos nós temos histórias para contar. Alegres ou tristes, algumas bastante estranhas, até mesmo inexplicáveis. Fatos que vivemos em algum lugar, em algum momento especial, e que até hoje é difícil de entender ou mesmo de explicar aos outros o que realmente aconteceu.

Sei que o tempo vai pouco a pouco enevoando os fatos, tornando-os difusos, e até fazendo com que as pessoas não acreditem e não os vejam mais, de tão nublados.

O que vou contar agora por palavras e imagens é uma lembrança diária, parte da afetuosa memória. Algo que guardei, diante de tantas coisas perdidas e esquecidas, entre os meus mais caros pertences.

Foi numa tarde única e inesquecível, deslizando com pantufas nos assoalhos encerados de um Palácio Imperial…

Meu nome é Helena Costa. Cursava na época a segunda série ginasial[1] do colégio Pedro II[2] na cidade do Rio de Janeiro, no centro, na antiga Rua Larga, atual Av. Marechal Floriano. Havia participado de um concurso de cartazes, com alunos de outras escolas, sobre o tema da Semana da Asa. Meu trabalho foi um dos classificados, e o prêmio era uma viagem até Petrópolis. Uma cidade que não conhecia; dela apenas sabia que era muito fria e ficava no alto das serras.

Lembro-me muito bem quando recebi de minha professora um diploma da Aeronáutica e uma medalha com as cores nacionais. Até hoje os guardo. No dia da viagem, cada aluno recebeu uma caixa com um sanduíche e um guaraná.

E assim subimos a serra de ônibus. Após uma hora de viagem, as hortênsias pelas estradas anunciavam a chegada a Petrópolis. Até hoje, quando vejo essa flor, em suas tantas cores, penso em uma anunciação. Uma chave de uma porta palaciana que só foi aberta para mim, o mapa de um Reino no alto da serra. Uma terra desconhecida em que a realidade, sonho ou ilusão adolescentes me fizeram viver a eternidade de um conto de fadas, naquele ensolarado abril de 1958.

Estou aposentada e, todas as vezes que venho visitar Petrópolis, não posso deixar de vir aqui ao Palácio Imperial e sentar-me neste banco do jardim. Sempre no mesmo banco, e me ver entrando por aquela porta principal junto com outras crianças...

Deslizávamos nossa alegria e tagarelice pelas salas do palácio, comentando tudo o que víamos – a coroa imperial de D. Pedro II, a sala de música, o colar da princesa Leopoldina, os móveis e as porcelanas da Companhia das Índias. Lembro-me de tudo como se estivesse sendo mostrado para mim agora. Recordo-me também que mal ouvíamos o que o guia do museu nos explicava.

Entre tantas coisas que encantavam e despertavam interesse, um quadro me chamou mais atenção do que os outros. Era um retrato de D. Pedro II ainda menino, com o rosto sério e compenetrado.

Ao me aproximar da pintura, percebi que sua fisionomia me parecia triste. Notei que seus olhos brilhavam, não sei se eram lágrimas. Aproximei-me mais, fiquei algum tempo olhando para ele. Não sei quanto tempo. Um segundo. Um minuto. Uma eternidade.

Meus colegas já haviam ido para outra sala, eu fiquei sozinha em silêncio, sem poder me afastar, sem arredar os pés ou tirar os olhos da face daquele Imperador menino. Tentava, talvez, decifrá-lo, como se estivesse diante de um enigma.

Ele parecia querer me dizer algo. Seus lábios moviam como se procurassem confessar um segredo. Até hoje escuto o sussurro de sua voz me dizendo:

– Estou muito triste e apreensivo. Preciso muito falar com você. Na Sala do Trono, a porta à esquerda está aberta. Entre sem bater. Estou lhe aguardando. Não demore. Infelizmente não tenho muito tempo.[3]

Tudo havia ficado em silêncio. Não sabia mais onde estavam as outras crianças.

Tive a sensação de que haviam me esquecido e abandonado. Naquele instante eu senti que estava só no palácio, vivendo uma outra realidade, um outro tempo.

Olhei novamente o quadro.

Seus olhos pareciam me aguardar. Procurei então o lugar combinado para encontrá-lo – na Sala do Trono a porta à esquerda estaria aberta.

Realmente estava. Entrei devagar. Era uma sala em penumbras, mas, mesmo assim, eu podia ver os vultos dos objetos, dos móveis e das cortinas. Alguém estava à janela.

– Pode entrar, Helena. Feche a porta, por favor. Muito obrigado por ter vindo. Estou aqui junto à janela. Sente-se à vontade. Você se parece muito com minha querida irmã, Francisca.[4]

Fui lentamente chegando perto da janela. A luz do dia, por entre as cortinas, iluminava um pouco seu rosto. Eu não havia lhe dito meu nome. Como ele sabia? Fiquei em pé vivenciando o espanto daquele encontro inesperado. Com o rosto ainda voltado para fora da janela, ele fez um gesto para que eu me sentasse.

— Você deve saber, sou Pedro de Alcântara. Como lhe disse, tenho pouco tempo para falar. Em breve virão me chamar...

Sinceramente não tive nenhum sentimento de medo ou pavor, e pouco a pouco ia acreditando na veracidade de tudo aquilo que estava vendo e vivendo. Diante de mim estava um menino alto, magro e, apesar da penumbra da sala, notei que tinha a pele muito clara e os olhos azuis.

Falava pausadamente e parecia educado e gentil.

Mais segura e tranquila, sentei-me em uma poltrona.

— Desculpe-me por lhe perguntar, Pedro. Quem está para chegar? Você me parece muito triste e preocupado.

Ele continuava olhando pela janela. Pensativo. Após um longo silêncio, pausadamente respondeu:

— Dentro de poucos instantes, serei coroado Imperador do Brasil.

Levantei-me da poltrona e me aproximei. Sentia-me mais descontraída e, até certo ponto, íntima e amiga daquele menino, certamente poucos anos mais velho do que eu.

— Você está feliz por isso?

— Não sei. Estou confuso. Tudo corre e é tramado de modo alheio à minha vontade. Devo obter a maioridade e ser coroado Imperador para o bem, e para a unidade do Império. É o que eles dizem. Não tenho certeza de nada. Acho que estão me usando. Pouco se importam se tenho apenas 14 anos. Sei quase nada desse imenso País, muito menos de como conviver com toda esta gente e intrigas que me rodeiam. Apesar de meus preceptores, na verdade sempre vivi sozinho. Apenas na companhia de minhas queridas irmãs, Francisca e Januária, minhas únicas amigas e confidentes. Além delas só convivi com adultos.[5]

— Eu sou agora sua nova amiga. Pode contar comigo!

Ele olhou para mim, agradecendo o meu gesto.

– Por que você não foge deste Palácio? Posso lhe trazer algumas roupas de meu irmão e, com certeza, vamos encontrar uma porta secreta ou algum túnel que dê para a rua. Eu escondo você em minha casa, eles jamais o descobrirão.

Novamente ele se virou e sorriu. Foi a primeira e única vez em toda a nossa conversa. Certamente achando a minha ideia engraçada e absurda.

– Muito obrigado por sua coragem e solidariedade. Jamais renunciaria ou fugiria daquilo que Deus ou um irônico destino me reservou. É impossível mudar o que está muito acima de mim. Lembro que, certo dia, precisamente em comemoração ao nosso 7 de setembro, meu professor de francês, que era um padre, me obrigou a recitar para José Bonifácio uma quadrinha, que dizia assim:

> Eu sou firme brasileiro,
> Amo a Pátria esclarecida.
> Defenderei seus direitos,
> à custa da própria vida!

Um longo silêncio pairou entre nós. De olhos baixos, ele se dirigiu para a janela, não em direção à luz; ficou encostado sob as sombras das cortinas.

Quebrei o silêncio:

— Príncipe! Gostaria de lhe oferecer uma lembrança. É uma pequena medalha que minha avó me deu no dia de minha primeira comunhão. Será uma recordação do nosso encontro. Quando poderei vê-lo novamente?

— Obrigado. Guardarei para sempre esta medalha, como lembrança desse nosso encontro. Quanto a nos vermos, não sei. Não tenho certeza de que nos encontraremos novamente.

— Majestade! Majestade!

Alguém batia na porta.

— Eles chegaram. Desculpe-me, devo ir.

— Posso assistir à sua coroação?

— Não. Infelizmente não. É bom que eles não saibam que você está aqui. Quando forem embora, você sai. Nada vai lhe acontecer.

— Adeus, Helena!

— Adeus, Pedro!

— Majestade! Majestade!

— Já está na hora. O cortejo à Capela Imperial vai começar. O Bispo Capelão Mor e Cabido está lhe aguardando.

Rapidamente ele se dirigiu para a porta, fez um breve aceno e saiu. Fui até lá e fiquei olhando pela porta entreaberta o pequeno cortejo que se afastava, tendo o Príncipe à frente.

Não sei quanto tempo ali permaneci, parada, em silêncio, sem nada entender.

Apesar de meus 12 anos, sabia que aquele encontro não se repetiria.

— Feche, por favor, a porta. Em breve eles voltarão e tenho poucos minutos para lhe falar.

Meu Deus, de onde teria vindo aquela voz?

Estávamos sozinhos naquela sala. Olhei para todos os lados. Então, percebi um vulto. Era um velho de barbas e cabelos brancos e estava sentado em uma poltrona num canto da sala, próximo à janela.

— Não havia notado o senhor aqui na sala.

— Sei disso, e também não quis lhe perturbar. Eu estava lendo esta última edição de Camões. Mas não tenha medo. Pode fechar a porta e aproximar-se. Ainda tenho algumas coisas para lhe dizer.

— Quem é o senhor? Realmente não o havia visto. O Príncipe Pedro de Alcântara saiu agora, nesse instante, para ser coroado.

— Ah, sim. Lembro-me perfeitamente desse dia. Mas já faz tanto tempo. Eu era muito menino, e a coroa e as roupas ficaram muito grandes em mim.

— Agora estou reconhecendo o senhor. Em meus livros de história. O senhor é o Imperador D. Pedro II?

Eu vivia uma realidade nova e aceitava os fatos naturalmente. Aquele velho de barbas brancas era a pessoa que eu via em meus livros. Ele estava agora diante de mim. Sentado em uma poltrona, com o corpo curvado, mal dava para ver seu rosto.

— Sim. Eu sou o Imperador. Ou melhor, tentei ser. Não sei se consegui. Talvez ser Imperador não tenha sido o meu melhor talento. Eu não devia ter concedido. Eu nunca devia ter aceito. Talvez eu tenha sido mais dedicado às minhas leituras e aos estudos do que às necessidades da nação. Acabei de escrever uma carta de despedida na qual desejo prosperidade e grandeza ao País. É o que sempre desejei, apesar de minhas dificuldades em ser Imperador.

— O senhor falou em despedida. Vai viajar para algum lugar?

— Devo viajar dentro de instantes. O governo provisório republicano deu-me 24 horas para deixar o Brasil com toda a minha família.

— Mas o senhor tem de viajar agora?

— Sim. Seria para amanhã à tarde, mas eles anteciparam para esta noite.

— Eles estão chegando para me levar. Não há muito tempo para nossas despedidas.

Ele parecia adivinhar. Com dificuldade, colocou-se em pé, pegou seu livro e se dirigiu para a porta.

– Gostei muito de tê-la conhecido, Helena.

Ele parecia sorrir e me fez um breve aceno de mão.

– Em cima da mesa tem uma pequena caixa. É para você. É uma lembrança minha e também algo que lhe pertence, e que guardei durante toda a minha vida.

Neste instante bateram na porta.

– Majestade, viemos buscá-lo. Não temos muito tempo e o coche já está lhe esperando para levá-lo até o cais.

– Adeus, Helena!

Ele mesmo abriu a porta e saiu lentamente. Vi que um pequeno grupo de militares o aguardava e foi levando-o pelo corredor.

Não sei quanto tempo fiquei naquele quarto em meio à penumbra e a uma pequena luz que vinha da janela.

Quando criança, temos pouca noção do tempo. Não me lembro quais foram os sentimentos que tive naqueles instantes. Talvez todos. São as frações e não os inteiros, são os pequenos detalhes que permanecem.

Como ele havia dito, uma caixinha vermelha estava em cima da mesa. Abri. Dentro, o cordão e a medalhinha que havia dado para D. Pedro em sua coroação.

Logo em seguida, saí da sala. E fui viver a minha vida e, hoje em dia, as minhas lembranças.

NOTAS

1 A segunda série ginasial corresponde hoje à sétima série do ensino fundamental de nove anos.

2 Colégio Pedro II foi uma das mais tradicionais instituições de ensino do Rio de Janeiro. Tendo sido durante muitos anos uma referência educacional. Atualmente dispõe de 9 unidades em todo o Estado. Foi inaugurado em 1837, então denominado Imperial Colégio de D. Pedro II. O Imperador tinha especial interesse pelo ensino e uma grande predileção pelo colégio, o que o levou certa vez, em carta a José Bonifácio, o Moço, a dizer com humor:

"Eu só governo duas coisas no Brasil, a minha casa e o Colégio Pedro II".

3 Na verdade, a solitária infância de D. Pedro II transcorreu nas salas, corredores, e sombras do Palácio Imperial, em São Cristóvão, e as últimas horas que antecederam a sua expulsão do Brasil passaram-se nas dependências do Paço, na Praça XV. Afora essas considerações, na sua essência todos os fatos aqui narrados têm como fonte a própria história da vida deste grande brasileiro. A ficção foi apenas um recurso, um meio para chegar mais próximo da realidade. Utilizei a experiência e o encanto que vivi em minha adolescência ao visitar pela primeira vez – ao ganhar um concurso de cartazes sobre a Semana da Asa – o Palácio Imperial de Petrópolis. Memória e imaginação moldaram a personagem Helena Costa, não tão fictícia, pois me baseei na figura de minha mãe. Portanto, tudo é verdade quando não podemos limitar ou estabelecer as fronteiras movediças entre o real e o imaginário.

4 Princesa imperial do Brasil, D. Francisca de Bragança (1824-1898), mulher de grande beleza, era carinhosamente chamada de "a bela Chica". Em 1843, casou-se no Paço de São Cristóvão, no Rio de Janeiro, com Francisco Fernando Filipe de Orléans, Príncipe de Joinville.

5 Dona Januária Maria de Bragança, Condessa d'Áquila (1822-1901), irmã mais velha do Imperador D. Pedro II. Como curiosidade, durante a procura de uma noiva para o Imperador, no Reino das Duas Sicílias, também era igualmente procurado um noivo, no mesmo Reino, para Januária, na ocasião com 20 anos. Em 1844, ela se casou com Luís Carlos Maria de Bourbon, Conde d'Áquila, príncipe do Reino das Duas Sicílias. Pedro II tinha uma outra irmã de nome Paula Mariana Joana Carlota de Bragança, nascida em 1823 e falecida precocemente aos 10 anos de idade. Além delas, possuia ainda uma meia-irmã, chamada Maria Amélia, filha do segundo casamento de D. Pedro I com a Princesa D. Maria Amélia Leuchtenberg, de grande beleza. Essa única filha com D. Pedro I faleceu em 24 de setembro de 1853, aos 22 anos de idade. O Museu Imperial de Petrópolis possui um belíssimo retrato desta bela princesa.

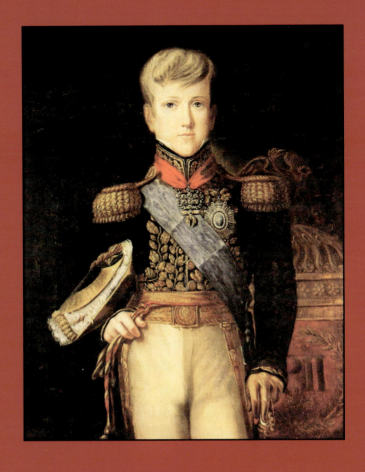

Retratos
de um imperador

Lilia Moritz Schwarcz

Nascimento e filiação: D. Pedro II, filho de D. Pedro I

Em 2 de dezembro de 1825, a cidade do Rio de Janeiro acordou com o estrondo das salvas de fortalezas e navios. Era o príncipe herdeiro que nascia, o primeiro genuinamente brasileiro, a promessa e o resumo das esperanças nacionais. Pedro de Alcântara João Carlos Leopoldo Salvador Bibiano Francisco Xavier de Paula Leocádio Miguel Gabriel Rafael Gonzaga Bragança era um grande nome para um monarca tão pequeno. O tamanho do nome revelava, porém, a dimensão das aspirações em torno do pequeno príncipe.

Ele deveria ser criado como a anti-imagem de seu pai, o imperador D. Pedro I – D. Pedro IV de Portugal –, que proclamara a independência do Brasil em 1822. Seu pai era visto como romântico e de temperamento incontido; ele deveria ser, portanto, o oposto: sereno, calmo, um velho, mesmo quando criança.

Emotivo, jovem (tinha 23 anos na época da independência) e entusiasmado, D. Pedro I gostava de estar no centro de todos os acontecimentos: visitava obras, revistava tropas, procurava ministros a hora que fosse e fazia questão de desfilar pelas ruas do Rio de Janeiro. Coroado Imperador no dia 12 de outubro de 1822 – como "imperador constitucional e defensor perpétuo do Brasil" –, em 1º de dezembro seria sagrado e defenderia a existência de uma nova Constituição para o país.

D. Leopoldina: a mãe ilustrada de D. Pedro II

Na época do primeiro aniversário do príncipe Pedro, sua mãe, D. Maria Leopoldina de Habsburgo — arquiduquesa da Áustria e filha de Francisco I, imperador austríaco —, estava enferma e viria a falecer nove dias depois.

Essa foi também uma época de infidelidades de D. Pedro I e dos boatos sobre os desgostos de D. Maria Leopoldina, que, diziam, teria morrido de tristeza. Lenda ou não, o certo é que a mãe de nosso D. Pedro sucumbiu a um parto prematuro, deixando-o cada vez mais isolado no paço imperial.

Voltemos alguns anos para entender um pouco mais essa personagem — D. Maria Leopoldina —, que foi muito importante na emancipação brasileira. O matrimônio entre ela e D. Pedro I foi planejado tal como missão estratégica. Afinal, o casamento entre reis é sempre um negócio de Estado, muito mais do que uma questão sentimental.

Quando o emissário português chegou a Viena, tratou logo de selar o matrimônio. Tudo parecia estar a favor do contrato: a nobreza da casa de Bragança, a riqueza e a vastidão do Império português e até mesmo a bonita figura do noivo, que era conhecido como o único galã no meio de fealdades reais à disposição.

D. Leopoldina de Habsburgo e seus filhos D. Maria da Glória, D. Januária, D. Paula, D. Francisca e D. Pedro II, ao colo.

Desde o início, uma grande simpatia giraria em torno de D. Maria Leopoldina, caracterizada por sua inteligência, instrução, trato fácil e determinação. Logo que o casamento foi arranjado, a futura princesa do Brasil dedicou-se a estudar português, assim como se inteirou da história, da geografia e da economia de seu novo império. Especialmente interessada por mineralogia e botânica, trouxe consigo espécimes para aclimatar no Brasil, assim como cientistas para estudar a terra, sua flora e sua fauna.

O casamento foi celebrado na corte austríaca no aniversário de D. João VI (avô de D. Pedro II), em 13 de maio de 1817. O noivo foi representado pelo arqueduque Carlos, irmão de D. Pedro I. Enquanto isso, no Brasil, começavam os preparativos para o enlace. Se até mesmo a notícia do desponsório foi celebrada com missas, repiques de sinos, salvas de artilharia e ações de graça, o que dizer da recepção? Aí sim, caprichou-se no cerimonial e na certeza de que esse era um casamento importante para as relações internas e externas da nova nação.

Orfandade e rotina palaciana

É hora de voltar à infância de D. Pedro. Com a morte da mãe, o pai cada vez mais ausente e o Império vivendo um momento de instabilidade política, D. Pedro ficaria quase sozinho no palácio, acompanhado apenas de suas irmãs, Francisca e Januária.

Pouco se conhece sobre esse período da vida do segundo imperador do Brasil. Sobram apenas os relatos do monótono cotidiano do jovem D. Pedro e de suas irmãs e a descrição de seus medíocres professores. Longe da família, restavam os estudos que D. Pedro, como bom herdeiro, levava a sério.

O dia a dia imperial destacava-se, sobretudo, pelo tedioso cotidiano e pelas regras estritas que, seguidas com a precisão de um relógio, mantinham o príncipe afastado de seus súditos. Levantar-se cedo, canja de galinha nas refeições, banhos sempre de água fria e visitas com hora marcada. Vejamos as determinações do paço: acorda às 7, almoça às 8, descanso às 9, aulas até 11:30, passeios até 13:30, jantar às 14 em ponto (junto com o médico e o camareiro-mor), passeio às 16:30 e às 17:00 no verão, 18:30 banho, 20:00 ceia, 22:00 dormir. Só encontrava as irmãs por uma hora depois do almoço. No restante do dia, permanecia com os criados, que só tinham permissão de lhe dirigir a palavra quando interrogados.

D. Pedro, D. Francisca e D. Januária. L

Os mestres, os horários rígidos, os costumes, a solidão e os conselhos, quase únicos, da Dadama (sua babá e amiga mais próxima) e do mordomo-mor Paulo Barbosa, revelam a triste realidade de uma personagem que vai sendo esculpida lentamente como monarca. Liberdade não existia, nem espaço para muita brincadeira.

A infância de D. Pedro foi, porém, curta, na mesma medida em que diversos episódios políticos importantes aconteciam. Em Portugal, já em 1828, começavam os problemas de sucessão do trono, que, junto aos abusos da política autoritária no Brasil, levariam D. Pedro I a abdicar do trono brasileiro em 7 de abril de 1831. O monarca partiu para Portugal com a firme intenção de recuperar o trono para sua filha, Dona Maria da Glória, enquanto o príncipe, com pouco mais de cinco anos de idade, ficava sob os cuidados de seu novo tutor: José Bonifácio de Andrada e Silva, antigo inimigo político de seu pai que, por estranhos caminhos, fora selecionado para o cargo.

A princesa Francisca, mais conhecida pelo apelido de Chica, era famosa por sua beleza, tão bem estampada neste retrato

D. Pedro se transformava, então, em órfão por duas vezes, já que com seu pai partia D. Amélia de Leuchtenberg, princesa da Baviera, nova esposa de D. Pedro I. Para piorar a situação, em 24 de setembro de 1834 morria D. Pedro I, em Portugal, acabando de vez com a esperança do jovem monarca de ter o pai por perto. Os poucos retratos que restaram da sua juventude mostram um D. Pedro mais parecido com aquela velha história de que já se conhece o final: a imagem do menino nascido rei; o jovem adulto ciente de suas responsabilidades.

Maioridade, coroação e casamento

O período da menoridade seria mais breve do que se esperava. Desde 1835 pensava-se em antecipar a subida de D. Pedro ao trono. Mas é com a criação, em 1840, do Clube da Maioridade que este projeto toma forma. Nessa época, uma série de rebeliões estouravam em todo o país, reclamando um poder mais centralizado em torno da figura do rei.

É difícil imaginar que o adolescente de apenas 14 anos estivesse pronto para assumir o comando da nação; mas é essa imagem que vários biógrafos oficiais descrevem. Porte impassível, cautela nas

Pedro II aos 14 anos

31

palavras, caráter pouco acessível; assim se forjava a imagem legendária do futuro imperador, um adolescente de pernas finas, voz estridente e rosto de menino.

O monarca iniciava sua vida cívica envolto em suntuoso teatro: o teatro da sua precoce maturidade. As roupas de adulto, as lições avançadas, a fama de filósofo, tudo contribuía para fazer de D. Pedro uma personagem de si mesmo.

Retrato de D. Teresa Cristina

A coroação e a sagração de D. Pedro realizaram-se em 1841, sob a forma de um grande espetáculo, no qual não faltaram os cortejos, o cerimonial ou o costume português do beija-mão. Repicaram os sinos, soaram as salvas e a multidão saudou o novo Imperador; o Brasil tinha novamente um rei.

Inicia-se, então, o grande reinado de D. Pedro II. O período que vai de 1841 a 1864 representa uma fase importante para a consolidação da monarquia brasileira. As rebeliões na Bahia, no Pará e no Maranhão haviam sido debeladas; apenas a Guerra dos Farrapos, no sul do país, continuava. É também nesse momento que se atinge maior estabilidade financeira, por meio da entrada do café nos mercados internacionais, com o final do tráfico negreiro e a concomitante liberação de grandes capitais. D. Pedro, por seu lado, afastado dos negócios de Estado, completava sua educação, voltada para as ciências e para as letras.

Tudo ia muito bem, mas ainda faltava um ato solene: era preciso casar o rei para que ele fosse de fato reconhecido como adulto. À moda das cortes europeias, a noiva foi encontrada sem a participação do interessado que, diziam, corava diante da ideia do matrimônio. Em 23 de julho de 1843 chegavam a escritura e um pequeno retrato de Teresa Cristina, princesa das Duas Sicílias. Nesse retrato eram minimizados alguns defeitos da futura imperatriz: era baixa, gorda e coxa. Mais uma vez, a imagem se impunha à realidade e nosso rei sonhava com uma idealização. Após viagem de cerca de oitenta dias, chegava a noiva, cuja primeira impressão teria desapontado o Imperador, que, segundo dizem os relatos, chorara nos braços da Dadama.

Verdade ou não, o fato é que na história oficial da realeza sobra pouco espaço para queixas de ordem amorosa, sobretudo porque, nesse momento, o Império ia de vento em popa: crescia a popularidade do monarca, associada à estabilidade econômica e política. Grandes investimentos foram feitos na área da cultura e em uma geração de escritores românticos e pintores acadêmicos para representarem o país com mais imaginação do que senso de realidade.

Esse quadro começa a ser quebrado por uma série de problemas de ordem social e política: a desastrosa Guerra do Paraguai, que durou de 1864 a 1870; a aprovação, em 1871, da Lei do Ventre Livre, que libertava os filhos de escravas; a fundação do Partido Republicano, em 1872.

Retrato de D. Pedro II

O rei guerreiro: 1864-1870

A Guerra do Paraguai significou um desgaste evidente na imagem de D. Pedro II. No início, a figura de "rei guerreiro" o tornou popular. No entanto, recaía sobre o Imperador a responsabilidade do grande número de perdas humanas, tomava nova força a campanha em prol da abolição da escravidão e surgia uma nova instituição, que escapava ao controle imediato do soberano: o exército.

Dizia-se que a guerra tinha causado tal impacto na personalidade de D. Pedro que até sua famosa barba embranquecia a olhos vistos, assim como se alterava sua imagem. D. Pedro surgia, agora, de cartola e casaca e se perdia no meio de seus súditos.

Um monarca cidadão: 1870-1885

Entediado com a política local, o soberano realizou várias viagens ao exterior que o ajudariam a ver um mundo que só conhecia por meio dos livros. A primeira viagem iniciou-se em 1871, sendo vasto o itinerário previsto: a velha Europa e o antigo Oriente. Encantado com o Velho Mundo, o Imperador só voltou ao Brasil dez meses depois.

Bastante irritado com a política local, D. Pedro não parecia querer ficar. Ao contrário, começava a fazer planos para uma nova viagem ao exterior e partiria, dessa vez, rumo à América, terra da "modernidade técnica", que tanto o inspirava.

A chegada a Nova York, em abril de 1876, foi cercada de atenção. Era a primeira vez que um monarca pisava em território norte-americano e eram muitas as atividades a desenvolver naquele país. Em julho, a comitiva rumou para a Europa, onde o monarca cumpriria seu famoso ritual: visita a escolas e instituições culturais, encontro com intelectuais e cientistas famosos, em especial o escritor republicano Victor Hugo, um ícone da época. Essas eram as atividades favoritas desse rei que, publicamente, entediava-se com o cotidiano da política brasileira e preferia dedicar-se aos grandes temas da cultura mundial.

Mas se D. Pedro assenhorava-se de valores universais que tanto estimava, afastava-se de seu Império tropical ao qual precisava, mais uma vez, voltar.

A monarquia cai ou não cai: 1886-1888

D. Pedro parecia um estrangeiro na própria terra. Quase como espectador, observava o crescimento do movimento em favor da abolição da escravidão e do partido republicano; assistia de camarote às decisões políticas. O monarca dava sinais de fadiga. Datam dessa época as caricaturas e charges mais impiedosas que mostram um monarca cansado, dormindo nas seções do Instituto Histórico e Geográfico Brasileiro, cochilando em meio aos exames no Colégio Pedro II ou entre deputados.

É em meio a esse contexto avesso que o Imperador parte para sua terceira viagem – em 30 de junho de 1887 –, cercado por um mar de críticas. Com 62 anos, o monarca parecia consumido, marcado por profundas rugas e por suas imensas barbas brancas. Sob os cuidados do famoso médico Charcot e de seu médico particular, Mota Maia, o Imperador passa seis meses na estação de cura de Baden-Baden, viajando depois a Paris e à Riviera italiana.

Nesse retrato dos anos 1870, D. Pedro aparece vestido como um "monarca cidadão", numa referência a seu contraparente, Luís Felipe de Orleans. Nesse momento, ele aos poucos abria mão dos rituais e usava sua casaca, mas sem nunca abandonar seu tosão de ouro, que aparece junto à lapela.

O ano de 1888 não seria dos melhores, ao menos para a monarquia: é abolida a escravidão; ocorre um forte golpe no seio do Império, que a essa altura se apoiava nos proprietários escravocratas cariocas. Entretanto, o ato tardara demais e o Brasil ficou marcado como o último país ocidental a abolir a escravidão; triste e humilhante pecha.

A jovem República dá adeus ao Imperador

Em junho de 1889 ocorre um atentado contra o Imperador. A partir do segundo semestre desse ano, a cada dia um novo acontecimento acirrava os ânimos. A monarquia sobrevivia apenas por causa da imagem pública de nosso D. Pedro, que, por incrível que pareça, ainda despertava simpatia.

O fim do Império era discutido quase abertamente. Vários setores do exército e o próprio marechal Deodoro da Fonseca, entretanto, preferiam aguardar a morte do "velho monarca" e só depois precipitar o golpe da República.

O agravamento da situação política, no entanto, antecipou o golpe. Em 9 de novembro ocorreu o desastrado Baile da Ilha Fiscal, em homenagem aos representantes chilenos. Esse evento foi visto como uma demonstração de ostentação e luxo incompatíveis com a tensa situação política. Logo depois, iniciou-se a movimentação do Clube Militar e correu o boato da prisão de Deodoro. Deixando de lado a agenda dos fatos, o que se sabe é que a proclamação da República deu-se em 15 de novembro de 1889, em meio a uma série de atos contraditórios.

Na madrugada do dia 17, em surdina, D. Pedro e sua família foram obrigados a deixar o Brasil, acompanhados apenas por alguns amigos autoexilados. Rumavam com destino a Portugal e é lá que se formalizaria o banimento, com o decreto de 23 de dezembro. A família imperial ficava proibida de ter imóveis no país, concedendo-se um prazo de seis meses para a liquidação das propriedades existentes.

A despeito das hesitações e dos temores dos revoltosos, uma nova sorte se anunciava: a jovem República dava adeus ao velho monarca.

A Princesa Isabel foi desde cedo preparada para suceder seu pai naquele que seria o Terceiro Reinado. No entanto, com a demora da abolição (que só ocorreu em 1888) e com o contínuo isolamento da realeza, a monarquia acabaria no Brasil em 1889 e Isabel partiria para o exílio junto com toda a família.

Essa foto ficou celebrizada como a última imagem da família real no Brasil. Vemos D.Pedro II, Teresa Cristina, a princesa Isabel, o conde D'Eu, D. Pedro Augusto, D. Pedro de Orleans e Bragança, D. Luís de Orleans e Bragança e D. Antonio. Há uma segunda versão da mesma cena, na qual todos os membros aparecem de chapéu. Com efeito, enquanto a trama da República corria solta no Rio de Janeiro, a família descansava em Petrópolis.

O exílio e a morte do monarca: morto o rei, viva o rei!

É hora de fazer um breve desfecho de uma longa história. D. Pedro, longe do Brasil, viveu na Europa à custa dos amigos. Com a morte de Teresa Cristina, em 28 de dezembro de 1889, a "era de D. Pedro" parecia se acabar. A Condessa de Barral, sua companheira de viagens, tutora de suas filhas e, diziam, sua amiga mais próxima, morreu em janeiro de 1891. Nesse ano, uma tosse insistente começa a acompanhá-lo; era uma pneumonia que lhe tomava o pulmão esquerdo e seria sua "companheira" até a morte, em 5 de dezembro desse mesmo ano de 1891.

Falecido no exílio, o rei foi vestido, porém, como um monarca brasileiro: a Ordem da Rosa, sob a barba, a Ordem do Cruzeiro do Sul ao peito, duas bandeiras brasileiras e um volume lacrado com terra do país. Novamente, o teatro confunde-se com a realidade, e o rei deposto era cada vez mais um grande Imperador.

Com efeito, a força do cortejo fúnebre de D. Pedro e a presença de boa parte da monarquia europeia fizeram reviver o soberano, que já estava há algum tempo afastado do poder no Brasil. E é nesse momento que morre o homem e nasce o mito do estadista.

Afinal, nessa história em que sempre se esquece muito e se lembra outro tanto, o principal não é engrandecer ou fazer de D. Pedro uma figura maior e acima de todos. Restituir humanidade e mostrar como a biografia de uma personagem é sempre difícil de ser reconstruída são algumas das metas de qualquer historiador.

CRÉDITOS DE IMAGENS

p.27 Félix Emile Taunay. *Retrato do Imperador D.Pedro II*, 1837, óleo sobre tela, 90 x 66 cm. Museu Imperial, Petrópolis.

p. 28 Simplício Rodrigues de Sá. *Retrato de D. Pedro I*, 1826, óleo sobre tela, 76 x 60 cm. Museu Imperial. Petrópolis.

p. 29 D. Failutti. *D. Leopoldina de Habsburgo e seus filhos D. Maria da Glória, D. Januária, D. Paula, D. Francisca e D. Pedro II, ao colo*. Museu Paulista da USP, São Paulo.

p. 30 Félix Emile Taunay. *D. Pedro, D. Francisca e D. Januária*. Litografia colorida, 26,5 x 35 cm. Coleção Museu Imperial de Petrópolis/IPHAN, Rio de Janeiro.

p. 31 Dona Francisca, Princesa de Joinville e conhecida como a "Bela Chica". Quadro de Franz Xaver Winterhalter – Museu Imperial de Petrópolis

p. 31 Johann Moritz Rugendas. *Pedro II*. Óleo sobre tela, Palácio Grão-Pará, Petrópolis, RJ.

p. 32 José Correia de Lima. Retrato de D. Teresa Cristina. Óleo sobre tela, 75 x 60 cm. Coleção Museu Imperial, Petrópolis, RJ.

p. 32 François Reme Moreaux. *Pedro II*. Óleo sobre tela, Museu Imperial, Petrópolis, RJ.

p. 34 Edouard Vienot. *Retrato de D. Pedro II*, 1868. Óleo sobre tela, 63 x 52, 5cm. Museu Imperial, Petrópolis, RJ.

p. 35 A última foto da Família Imperial no Brasil. Dona Teresa Cristina (esquerda para direita), Princesa Isabel, D. Pedro II, D. Pedro Augusto, neto de D. Pedro II e filho da princesa Leopoldina e no canto direita o Conde D'Eu. Os filhos da Princesa Isabel: D. Antonio de Orléans e Bragança, D. Luis de Orléans e Bragança e primogênito D. Pedro de Orléans e Bragança. Foto tirada no Palácio de São Cristóvão por Otto Hess – 1889 – Museu Mariano Procópio.

p. 35 *Princesa Isabel ainda adolescente* – Pintura anônima – Palácio do Grão-Pará em Petrópolis.

p. 37 Francesco Pesce. *D. Pedro II, Imperador do Brasil*, Nápoles, Itália, 19 de abril 1888. Papel albuminado, 53 x 38 cm. Acervo do Arquivo Grão-Pará

Rui de Oliveira

Sou carioca. Estudei pintura no Museu de Arte Moderna do Rio de Janeiro, artes gráficas na Escola de Belas Artes da UFRJ e, durante 6 anos, ilustração no Instituto Superior Húngaro de Artes Industriais, hoje Universidade de Arte Moholy-Nagy, em Budapeste.

Já ilustrei mais de 100 livros e fui duas vezes candidato ao Prêmio Hans Christian Andersen, na categoria ilustração. Sou professor há mais de 25 anos do curso de Desenho Industrial da Escola de Belas Artes da UFRJ e fiz meu mestrado e doutorado na Escola de Comunicações e Artes da USP.

Considero O Príncipe Triste um dos mais importantes trabalhos na minha carreira de ilustrador e também de escritor. Dediquei meses à sua realização, sem contar o período de pesquisa dos personagens, estudo do mobiliário e indumentárias da época.

Sempre tive grande admiração pela personalidade de D. Pedro II, principalmente pela sua grandeza intelectual, bem como por suas contradições.

Com competência e brilhantismo, a face histórica do Imperador é narrada na segunda parte do livro pela historiadora e antropóloga Lilia Schwarcz.

Este livro, por meio da ficção e da realidade, expressa os momentos extremos da vida do Imperador: a sua precoce coroação aos 14 anos e o seu humilhante banimento do país, aos 64 anos de idade.

Por outro lado, é também um resgate de minha memória. Quando eu era pré-adolescente, participei e ganhei um concurso de cartazes sobre a Semana da Asa. O prêmio, além de diploma e medalha, constava uma viagem a Petrópolis para conhecer o Palácio Imperial e a Casa de Alberto Santos Dumont.

Além de viajar em direção a um palácio nas montanhas, foi um impacto ver aqueles quadros e gravuras, os aposentos da família real, tudo isso deslizando em pantufas – uma recordação que se eternizou em mim.

O Príncipe Triste é também uma viagem a este passado, bem como à complexa personalidade deste homem que reinou por 48 anos o nosso país, e que todo brasileiro tem o dever cívico de conhecê-lo.

Lilia Moritz Schwarcz

Sou professora titular no Departamento de Antropologia da Universidade de São Paulo (USP). Fui professora visitante nas Universidades de Oxford, de Leiden, Brown e Columbia (Tinker Professor); fellow da Guggenheim Memorial Foundation. Faço parte do comitê científico do escritório brasileiro de Harvard. Sou autora de diversos livros, muitos deles premiados, nacional e internacionalmente.

Proferi centenas de conferências pelo Brasil, tendo participado de cursos e palestras em várias universidades e instituições do exterior.

Fui curadora das exposições: Virando vinte: política, cultura e imaginário em São Paulo, no final do século XIX (São Paulo, Casa das Rosas, 1994-5), Navio Negreiro: cotidiano, artigos e rebelião escrava (São Paulo, Estação Ciência, 1994 e 1998), A longa viagem da biblioteca dos reis (Rio de Janeiro, Biblioteca Nacional, 2003-4), Nicolas-Antoine Taunay: uma leitura dos trópicos (Museu Nacional de Belas-Artes/ Rio de Janeiro – maio a junho de 2008; Pinacoteca do Estado de São Paulo – julho a setembro de 2008).

Este livro faz parte de um antigo sonho do Rui, do qual fui convidada a participar, e me honro muito. Dar vida ao Imperador menino, situá-lo num ambiente quase mágico do Palácio de Petrópolis significava mobilizar um imaginário parado no tempo, quase perdido no espaço. Por isso, a experiência foi das melhores: combinar o rigor da pesquisa histórica com a aventura da criação. É esse o resultado que vocês têm nas mãos, o qual é antes um convite para viajar.